ALLOCUTION

PRONONCÉE

Par le T. R. P. ROLAND, Dominicain

à l'occasion des Mariages

DE MADEMOISELLE

ROSAURA MUGICA

AVEC MONSIEUR

MIGUEL-MODESTE VENGOHECHEA

ET DE MADEMOISELLE

FRANCIA-ELENA VENGOECHEA

AVEC MONSIEUR

ESTEBAN VENGOHECHEA

En l'église de Saint-Philippe-du-Roule

A PARIS

Le 17 Avril 1884

MESDEMOISELLES,

MESSIEURS,

Vous allez recevoir un grand Sacrement. Quelque chose tout à la fois de mystérieux, comme tout ce qui vient de Dieu, et de doux, comme tout ce qui vient de l'amour, va descendre sur vous. Le Sacrement de Mariage est la consécration divine de l'amour. Et puisque le grand bonheur est dans l'amour que Dieu bénit, ne nous défendons ni les uns ni les autres d'une suave émotion.

Je n'ai point à vous expliquer comment, tous les quatre, enfants des terres lointaines de la libre Amérique, vous avez désiré voir vos cœurs qui se cherchaient depuis longtemps trouver enfin leur point de jonction sacrée sur mon cœur français.

Ce n'est point pour vous un mystère.

Et cependant je ne puis taire ici mon estime et ma sympathie pour celui qui a été, entre nous, le trait-d'union. Un homme s'est rencontré, dit l'Evangile, qui ayant trouvé un trésor caché dans un champ, vendit tout ce qu'il avait, acheta le champ et fît fructifier le trésor. Vous connaissez ce trésor, et ce champ, et cet homme. Je l'aimai d'abord pour sa générosité. Puis, quand je vis qu'il rendait si heureuse la femme accomplie qui avait mérité son cœur et à qui je souhaitais ce bonheur, je l'aimai pour sa bonté. Et il me toucha désormais de plus près par le cœur que par le sang. Il était père deux fois déjà, quand Celui qui donne les pères et les mères, et aussi les reprend, hélas! rendit orphelins les deux enfants de sa sœur. Ce fut pour lui comme un trésor nouveau. Son cœur se dédoubla; ils les prirent avec eux, et Dieu bénissant ces deux êtres si bien faits pour s'entendre, leur champ fertile donnait fleurs et fruits. C'est

alors que vous avez découvert la rose
du jardin, Monsieur Miguel, et parta-
geant noblement l'affection imméritée
que vous avez rencontrée pour moi, autour de cette fleur, vous l'avez inspirée
à votre frère qui, comme vous, cherchait
la bénédiction du Ciel sur un amour
heureux comme le vôtre. La prompti-
tude de votre estime m'a appris, Messieurs, comment j'y devais répondre.
C'est ainsi que vous m'avez demandé
pour bénir vos vœux. Je sens l'honneur
qui m'est fait, aussi lèverai-je sur vous,
avec joie, cette main que Dieu a daigné
consacrer. Elle tremblera peut-être par
respect pour l'Eternel dont elle est l'ins-
trument ; elle tremblera certainement,
ne vous en étonnez pas: plus encore que
la crainte, le bonheur et la tendresse
émeuvent et ébranlent. Au nom de Celui
qui règne dans les Cieux, notre Père à
tous ; au nom de ceux qui vous aimaient,
qui ne sont plus avec nous, mais qui
sont avec Lui, plus heureux encore, et
bénissent avec Lui ; au nom de tous ceux
qui vous aiment et qui plus que jamais
se pressent autour de vous aujourd'hui,

je vous unirai pour toujours. Et ramassant sur mes pauvres lèvres tant de vœux, qui du Ciel et de la terre convergent vers vous, je les porterai, pour qu'il les réalise pleinement, jusqu'au trône de Celui de qui tombent toute prospérité, toute paix et tout amour.

Vous me permettrez maintenant de vous dire les conseils que me dicte mon cœur.

I.

Pour vous, Messieurs, ayez les vertus de l'homme : soyez fermes et bons.

Au royaume de la famille, c'est à vous qu'appartient le sceptre : tenez-le. Mais rappelez-vous bien que votre force n'est point dans vos muscles, mais dans votre raison et votre sagesse. Gouverner est un acte de raison. Avant tout, soyez donc justes. Justes pour tous, mais justes surtout pour celle à qui vous devez toute votre raison, toute votre sagesse,

toute votre âme. Ce n'est pas une ser-
vante, c'est une égale, je devrais dire
une reine que vous vous associez. C'est
par vous le premier que ses droits
royaux doivent être reconnus : c'est justice. Et dès que votre autorité si légi-
time est incontestée, commandez avec
cette politesse française si vantée, déli-
catesse exquise de l'amour, qui fait
parler le maître comme un ami, et agir
comme un serviteur celui qui est le
souverain.

Vous n'aurez point de peine à prati-
quer cet art ; vous avez vu régner au
foyer paternel la justice, la sagesse et
la fermeté. Mais, laissez-moi vous le
dire, ce que l'on voit de trop près, quelque beau qu'il soit, on le voit mal : on y
est par trop accoutumé dès l'enfance.
C'est pourquoi je vous invite, tous les
deux, à contempler dans la famille où
vous entrez le fortifiant spectacle de ces
mâles vertus. Vous y en trouverez, là
aussi, le type accompli.

Avec la fermeté, je veux que vous
ayez la bonté. La bonté, c'est le géné-
reux pouvoir de se donner. Je sais que

vous n'aurez point de peine à être
justes : peut-être en aurez-vous quelque
peu à être bons. S'oublier pour se donner et se redonner sans cesse est si
difficile ! Et c'est ce qu'il faut faire,
Messieurs, car votre femme sera ce que
vous la ferez. Elle éprouvera pour vous
les sentiments que vous lui inspirerez.
Formez-la donc à votre gré, et donnez
à son cœur la mesure même du vôtre.
Mais je vous en avertis : la femme n'a
point la force de résistance de l'homme.
Elle est merveilleusement impression-
nable et mobile, et infiniment délicate
au toucher : prenez garde ! Avant tout,
il s'agit de lui inspirer confiance. Le
premier confident de la femme doit être
son mari. Si vous voulez le devenir et
le demeurer, soyez bons. Sachez par-
tager ses sentiments, compâtir à sa fai-
blesse, la féliciter de ses efforts, la
relever doucement, reprendre, encou-
rager, exhorter, pardonner, pardonner
surtout, pardonner toujours. Elles vous
aimeront tant si vous êtes parfaitement
bons ! Parlez-leur avec douceur. Faites-
leur comprendre quand vous commandez

que ce que vous voulez est juste et sage.
Il faut savoir dire : je veux ; mais seulement après avoir répété mille fois :
mon amie, crois-moi, il est sage de faire
ainsi. Armez-vous donc de patience, et
faites provision de sourires : vous n'en
n'aurez jamais trop.

Enfin, soyez condescendants. Leurs
désirs souvent vous sembleront des caprices : or, il est bien de petites folies
qu'il est plus sage de satisfaire que de
combattre. Et n'est-ce pas le charme de
la vie que de savoir oublier à certaines
heures, quand Dieu le permet, j'entends,
l'austère raison pour obéir à son cœur ?

Et maintenant si vous voulez savoir
où vous pourrez trouver le secret de
tant de vertus si diverses, et le sage
tempérament de la force par la douceur, je ne vous le cacherai pas : il est
en Dieu. Seul il vous apprendra à être
forts, il est le tout-puissant ; seul il
vous apprendra à être bons, il est le
bon Dieu. Or, ce n'est pas de nous qu'il
tient ces perfections si hautes : nous ne
lui avons jamais rien appris. Mais nous,
nous tenons tout de Lui, et quand nous

l'en prions, il façonne à l'image et à la
ressemblance du sien qui est si grand,
notre pauvre cœur si petit !

II.

Pour vous, Mesdemoiselles, je bor-
nerai vos vertus à deux efforts. Soyez
soumises et dévouées. Soumises, Dieu
le veut : c'est donc votre devoir. Et d'ailleurs, vous avez trop de cœur pour bien
tenir le sceptre : il est trop lourd pour
vos petites mains. Contentez-vous d'en
approcher les lèvres pour le baiser. Si
vous l'aimez, il vous sera doux et bienfaisant. Si, par hasard, vous aviez rêvé
le mariage comme un affranchissement,
apprenez qu'il est une chaîne. Et puisque la chaîne est dorée, portez-la vail-
lamment, et votre sourire lui donnera
sur vos épaules la grâce et l'éclat d'une
parure.

Soyez soumises par tendresse. Aimer,
c'est se donner, se faire petit, s'anéan-

tir, adorer ; et l'adoration, est-ce donc
autre chose que l'extase de l'amour? Si
vous aimez, vous vous soumettrez avec
joie. Et chaque acte de déférence envers
celui que librement vous prenez pour
maître, montera comme un hommage
jusqu'à Dieu qui règne au Ciel, et sera
pour celui qui doit régner sur votre
cœur cet autre ciel, un témoignage nouveau d'un amour qui grandit à mesure
qu'il nous abaisse. Et je vous livrerai le
secret de leur cœur. Comme Dieu, du
reste, les hommes se roidissent contre
la résistance : ils octroient tout à qui
leur cède. C'est en vous soumettant que
vous régnerez sur eux.

Enfin, soyez soumises par besoin. Pauvres chères enfants que ce jour va jeter
dans un monde inconnu ! je vous plains !
Si grand que soit votre bonheur, car vous
serez heureuses, il sera traversé. Comme
il faut à la terre, à côté des rayons du
soleil, des rosées et des pluies, il faut
des larmes à la vie. Vous vous heurterez
le pied à plus d'une pierre du chemin,
et dans vos mains endolories vous rap-
porterez souvent votre cœur ensanglanté.

Ne gardez jamais, jamais, vous m'enten-
dez, vos peines pour vous seules : elles
vous écraseraient. Apportez-les à celui
que Dieu vous a donné comme grand
consolateur : il les comprendra, il vous
aime. C'est sur lui qu'il faut déposer
tous les fardeaux : s'il est fort, c'est pour
les porter. De tout ce que vous lui con-
fierez, vous serez allégées. Je ne sais si
mon cœur me trompe, mais il me semble
qu'un mari doit être une seconde mère.
Celle-ci est un peu virile, il est vrai, mais
vous n'êtes plus des enfants ! Et puis
elle sera aussi tendre peut-être. Une
poitrine d'homme, ce temple de granit,
s'emplit de suavité quand elle voit venir
se reposer sur elle, meurtrie, une tête
adorée.

Le grand besoin est moins celui du
cœur que celui de l'esprit. L'homme vit
de sa raison, la femme de ses rêves. Or
rien n'égare comme les rêves. Un mari
n'est pas seulement un abri, c'est un
conseil et un guide. Ne vous aventurez
pas, comme une âme en peine, dans le
dédale infini de vos pensées : vous seriez
perdues. Soumettez-lui projets et désirs,

regrets et aspirations. Pourvu qu'il ne se tourne pas contre Dieu, et ces Messieurs ne le feront jamais, votre mari sera toujours le meilleur des guides et le plus sûr des conseils. Croyez-moi : c'est à l'homme à éclairer et à soutenir la femme ; aussi ne marchez jamais qu'appuyées sur son bras. Et vous apprendrez vite que le bonheur d'un homme de cœur, comme le mari à qui vous vous donnez, est d'avoir deux bras puissants à mettre au service de la femme qu'il aime.

J'ai dit aussi soyez dévouées. Jusqu'ici vous avez vécu pour vous, vous étiez seules. Désormais, il faudra vivre pour lui : vous voilà deux dans une seule chair, je veux dire dans un seul cœur : le sien. Soyez dévouées avec foi. Le dévouement est une abdication. Vous régniez jusqu'ici : il faut croire votre règne fini. Votre mari est un roi que Dieu vous donne ; acceptez-le de Lui-même : c'est Lui qui préside aux destinées. Cette main virile qui s'offre à vous vient du Ciel : il faut la saisir pour aller à Dieu. Et sur le front de vos maris à vos yeux

descendront une beauté mâle de plus et
comme une majesté. Soyez dévouées
avec passion. Votre mari donnera beau-
coup : il attend davantage. Et votre dévouement passionné est la seule chose
qu'il demande de vous. L'estime, les
honneurs, mille viriles et fortes émo-
tions, tout cela peut lui venir d'ailleurs :
mais le dévouement d'un cœur qui lui
appartienne exclusivement et tout entier
ne peut lui arriver que de vous. Vous
lui devez votre vie ; il faut la lui remettre
en mains tous les jours. Enfin le dévouement lui aussi est un besoin, car le
cœur de la femme est fait pour être
donné. En garder quelque chose, c'est
conserver un poids, le fermer serait le
grand tourment. Si vous voulez être
heureuses, ouvrez-vous et donnez-vous.
Et quand vous serez parvenues à vous
perdre, comme Dieu le veut, dans le
cœur qui vous est ouvert comme un
horizon sans fin, c'est alors que vous
trouverez tout.

Pour rencontrer le modèle de toutes
ces vertus, vous n'avez point à chercher
loin. Vous, Mademoiselle Francia-Eléna,

qui allez rester sous l'aile maternelle, il vous suffira d'ouvrir les yeux. Jusqu'ici vous avez aimé votre mère comme une enfant naïve qui regarde sans voir, et qui se laisse aimer. Apprenez à la connaître et à l'estimer, étudiez-la, imitez-la. Et vous, Rosa, si vous voulez voir s'épanouir toutes les semences heureuses que j'ai déjà surprises sommeillant dans votre âme, et que vous ne connaissez pas, laissez vous pénétrer par le charme bienfaisant que vous allez respirer comme un parfum dans votre nouvelle famille. Nulle part vous ne rencontrerez plus de grâces et plus de vertus que dans votre belle-mère. Laissez-vous aimer par elle, et, la femme et l'épouse, la mère et la chrétienne, se formeront doucement en vous sous le chaud rayonnement de son cœur.

Mais je vous le répèterai, à vous surtout, c'est en Dieu qu'est la source vive de toutes ces vertus. Rien n'est difficile comme d'être heureux : Apprenez cet art de notre Dieu. Soyez contentes de tout ce qui est devoir, ordre et paix, et mettez votre bonheur dans votre amour.

Dieu n'a jamais rien divisé ; c'est lui qui vous unit en ce moment : plus il sera entre vous et plus votre union sera consolidée. Et si, comme j'aime à l'espérer, cette union reçoit du Ciel la grande bénédiction de la fécondité, il faudra faire planer sur les berceaux l'ineffable sourire de Celui qui aimait tant les petits enfants, ce bon Jésus ; et sur vos têtes la grande ombre de Celui de qui découle toute paternité au Ciel et sur la terre.

—

Et maintenant, allez. Quand on se donne à Jésus-Christ, on quitte tout, on s'arrache, et les mains saignent, et on part sans regarder en arrière. Vous, au contraire, vous prenez tout, et au lieu de rien arracher, vous allez entrecroiser et fortifier toutes les racines de deux familles. C'est pourquoi je vous dirai : regardez en arrière. Pauvre Rosa ! votre passé n'est point sans deuil. Vous n'avez point connu votre père, et c'est à peine

si vous avez entrevu votre mère ! Je sais
bien que vous avez retrouvé l'un et
l'autre dans les incomparables parents
qui vous ont élevée, et que grand-père
et grand'mère vous ont considérée
comme leur seconde fille. Mais il y a
dans les baisers d'un père et d'une mère
je ne sais quel parfum qu'on ne rencontre
jamais que sur leurs lèvres : n'est-il pas
vrai Monsieur Miguel ? C'est pourquoi
quand vous aurez payé un tribut de
regret à ceux que tous deux vous avez
perdus, et aussi un tribut de reconnais-
sance à ceux qui les ont remplacés,
ouvrez, mon ami, vos bras à votre
femme, et dites-lui : Je t'aimerai comme
une mère ! Et vous, Mademoiselle Francia-Eléna, vous, Monsieur Esteban, regardez en arrière en souriant. Ceux-la
même à qui Dieu vous avait donnés, et
qui vous ont faits ce que vous êtes,
ceux dont vous comblez aujourd'hui le
bonheur et l'orgueil, vont vous donner
à l'un et à l'autre ce qu'ils ont de plus
cher au monde. Ouvrez bien grands vos
cœurs. A côté de la fidélité que vous
vous garderez comme un serment sacré,

faites la place à la piété filiale que vous
devez à un second père et à une seconde
mère.

Et toutes ces familles heureuses des
liens que vous contractez tous les quatre,
voyant s'augmenter le nombre de leurs
membres et leurs rameaux s'entrecroiser selon leurs rêves, sentiront grandir
l'affection qu'elles se portent déjà. Et le
jour radieux de votre bonheur qui se
lève sera pour tous l'aurore d'une jeu-
nesse nouvelle et d'une prospérité sans
déclin.

B 3016. — Abbeville, imp. C. Paillart.

www.ingramcontent.com/pod-product-compliance
Lightning Source LLC
Chambersburg PA
CBHW061421170626
46811CB00005B/2072